Couvertures supérieure et inférieure
en couleur

COUVERTURES SUPERIEURE ET INFERIEURE D'IMPRIMEUR.

Les drames de la mer

? ?? ?? ???

LES DRAMES DE LA MER

In-8° 3me Série

Perdus sur une banquise.

LES

DRAMES DE LA MER

PAR

BÉNÉDICT-HENRY RÉVOIL.

LIMOGES

Marc BARBOU et Cie, IMPRIMEURS-LIBRAIRES

Rue Puy-Vieille-Monnaie

LES DRAMES DE LA MER

PERDUS SUR UNE BANQUISE

Peter Neswig était tonnelier du gouvernement dans la colonie danoise d'Upernawik, située sur les côtes de l'ouest du Groënland. Ce brave garçon arrivé très jeune dans cet endroit sauvage, n'avait pas eu d'abord l'intention d'y faire un long séjour, mais il s'était épris d'une charmante jeune fille, avait demandé et obtenu sa main, puis il était devenu père et n'avait plus songé à quitter le pays.

Son premier né, un gros enfant du sexe

DEBUT DE PAGINATION

masculin qui se nommait Carl Émile, était
devenu, en grandissant, un bel enfant, puis
un petit homme, et enfin un beau garçon aux
yeux brillants, à l'activité dévorante, qui
aimait son pays natal comme si c'eût été la
plus belle contrée du monde. Il eût pu, s'il
l'eût désiré, se rendre en Danemark, où son
père avait encore des parents qui lui eussent
fait un excellent accueil ; mais que lui impor-
taient les avantages dont il eût joui sur le
territoire scandinave ? Il se trouvait satisfait
où il était, au sein de sa famille, ne rêvant
qu'à deux plaisirs : celui d'aider son père dans
ses travaux de tonnellerie et celui de se livrer
de temps à autre à la chasse aux veaux
marins.

N'oublions pas, non plus, de mentionner la
joie qu'il éprouvait à se trouver près de
Nicholina, la fille du secrétaire du gouverneur, dont la bonté, la charité n'avaient d'égales que sa beauté. Tout le monde à Upernawik
savait à quoi s'en tenir sur les sentiments de
Carl Émile pour Nicholina : elle seule les

ignorait, car toutes les fois que le jeune amoureux avait pris la résolution de déclarer sa flamme à son idole, celle-ci lui avait ri au nez à la première parole sortie de sa bouche. On eût dit que la petite sauvage ne songeait pas à se marier ; d'aucuns ajoutaient qu'elle était pétrie d'orgueil et, se croyant au dessus de tout le monde, ne voyait personne autour d'elle qui lui parût digne de devenir son mari. Et cependant Nicholina passait avec raison pour très coquette et très amie du plaisir. Dès qu'on avait organisé un bal à Upernawik, la fille du secrétaire du gouverneur arrivait la première dans la salle de danse. Son costume, façonné par elle-même, — ce qui prouvait son adresse, — était le plus gracieux de tous ceux qui se montraient à la fête, et l'on admirait les étoffes brodées de ses mains dont elle avait fait une jupe et le velours orné de perles cousues en festons et disposées en forme de fleurs qui couvrait sa jolie poitrine.

Quoique très heureux, Carl Émile n'était point satisfait, ce qui ne l'empêchait point

1.

de travailler avec courage, se fiant à l'avenir pour la réalisation de ses rêves. Il aimait peu le bal, à l'encontre de tous les jeunes gens de son âge, et il le prouva à l'époque du « festival du printemps » en s'en allant, en compagnie de son père, faire une chasse aux veaux marins.

Ce genre de sport est un des plus agréables aux Groënlandais quand arrive le mois d'avril. Les amphibies s'ouvrent un passage à travers la glace et dès qu'un rayon de soleil se montre à travers les nuages, on les voit se hisser sur les banquises et s'ébattre entre eux, sans songer au danger.

Le lendemain de Pâques, celui qui eût examiné la mer devant l'île d'Upernawik, eût vu une grande étendue d'eau glacée, d'une seule pièce ; mais, plus loin, à un mille de la côte, des banquises flottantes s'entrechoquaient sous les efforts d'une rafale du nord qui les renvoyait vers l'océan.

Les deux chasseurs s'étaient hâtés de partir, emmenant avec eux toute la famille, la mère de Carl Émile, deux petits garçons et deux fillettes, car on devait rester deux semaines loin de la maison. Peter prit sur son traîneau, auquel neuf chiens furent attelés, — trois de ses ainés enfants. Carl Émile se chargea de l'autre et de tout l'attirail nécessaire pour un déplacement : il emportait la tente et les provisions indispensables, sur son véhicule traîné par douze grands chiens d'une force exceptionnelle.

Dès que tout ce monde-là fut parvenu à l'endroit de la côte que l'on avait désigné pour s'y établir, on dressa la tente, le repas fut préparé et Peter, en compagnie de son fils, se dirigea vers le rivage où il avait aperçu un certain nombre de veaux marins qui, sortis de leurs trous, respiraient sur les banquises de glace.

Les deux chasseurs avaient été probablement aperçus par les amphibies, car lorsqu'ils parvinrent à portée de fusil il n'y avait plus un seul d'entre eux aux endroits où ils se tenaient dix minutes auparavant.

Cette déconvenue, loin de décourager les chasseurs, leur suggéra le désir de s'avancer plus encore sur la glace. Ils avaient vu un bloc formant saillie, près duquel quelques veaux marins reparaissaient : ils allèrent se blottir à cet endroit, attendant le moment favorable pour faire feu sur un des animaux. A ce moment, ils entendirent les croassements d'une volée énorme de goélands qui planaient au dessus des banquises. Un bruit semblable à la détonation d'une caronade, retentit dans le lointain et les deux chasseurs aperçurent un énorme bloc de glace qui se fendait en deux et dont la chute dans la mer souleva des vagues énormes, qui menaçaient d'entraîner toutes les banquises de la côte.

Ce qu'ils redoutaient ne tarda pas à arriver : un craquement leur apprit que la glace sur laquelle ils se trouvaient se détachait de la grande banquise attenant à la terre ferme. Ils coururent dans cette direction, espérant pouvoir sauter de l'autre côté, mais il était trop

tard : une crevasse vaste, profonde leur coupait
la retraite.

La pensée leur vint que, de l'autre côté du
bloc de glace, il y avait peut-être moyen de
retrouver un passage : ils se hissèrent comme
ils purent sur cette masse glissante. Hélas !
ils se trouvaient réellement isolés, emportés
au milieu de mille autres flots du même genre,
vers l'immense Océan, dans la direction du
sud-ouest.

Loin de s'alarmer outre mesure, ils se dirent
que cette embarcation de glace atterrirait à un
moment donné et qu'alors ils trouveraient
bien le moyen de regagner la terre. Cet espoir
fut encore déçu : ils se serrèrent l'un contre
l'autre quand ils comprirent qu'ils s'en allaient
à la dérive et recommandèrent leurs âmes à
Dieu.

— Que vont devenir ma femme et mes
enfants ? se dit Peter à mi-voix. Et il ajouta en
s'adressant à son fils : — Nous sommes perdus,
je le crains ; mais ce que je regrette le plus,

c'est de penser à ma famille qui va mourir de faim.

Et parlant ainsi, les larmes coulaient le long des joues du brave homme.

Au même moment, des veaux marins se montrèrent sur le bord d'une banquise et, instinctivement, les deux chasseurs mirent leurs armes en joue et firent feu. Deux des amphibies avaient été atteints. Et quand Peter et son fils tournèrent les yeux dans la direction de la terre, ils virent la mère et les enfants qui debout près de la tente, semblaient applaudir à leur adresse.

— Ils nous ont vus ! ils aperçoivent aussi les veaux marins que nous avons tués! Ils vont s'en emparer : Dieu soit loué! ils ne mourront pas de faim, et quelque bonne âme les ramènera à Upernawik, s'était écrié le père de famille.

Tout à coup la tempête se déchaîna ; le vent soufflait et la neige tombait par raffales. Des nuages sombres obscurcissaient l'horizon et le courant les entraînait ils ne savaient où. Les vagues se jetaient sur la banquise en se brisant en mille éclaboussures qui les transperçaient jusqu'aux os.

Les deux chasseurs s'étaient tus : ils priaient avec ferveur. Le père songeait à sa femme et à ses enfants ; Carl Émile à Nicholina et à sa mère qu'il ne devait plus songer à revoir jamais. Et la banquise courait toujours à travers l'obscurité la plus profonde. Un choc se fit tout à coup sentir : le bloc de glace avait abordé quelque part ; il semblait être de nouveau attaché à un autre. Ce qui était évident, c'est qu'ils se trouvaient dans un endroit où l'eau était peu profonde. L'espoir revint dans l'âme de nos deux chasseurs. Si la banquise pouvait rester là jusqu'au moment où la tempête cesserait, se dirent-ils, ils pourraient peut-être trouver un moyen pour échapper à leur triste destinée.

Tandis que ceci se passait, tout était en joie à Upernawik. La nuit était bien obscure, si l'on veut dans les rues de la petite ville, mais dans chaque foyer l'âtre était rempli de bois et de tourbe : la chaleur intérieure faisait oublier la froidure du dehors. Dans l'un de ces logis, Nicholina, parée de ses plus beaux atours se préparait à aller à la danse. A ce moment-là, un ami pénétra dans la pièce où elle se tenait et vint dire au secrétaire du gouverneur que l'on entendait des bruits étranges du côté de la mer.

— Il faudrait avertir les autorités ajoutait un autre.

En effet on se rendit chez le chef de la ville à qui l'on fit part de ce que l'on savait.

— L'on dirait des aboiements de chiens en détresse, fit l'un des deux donneurs de nouvelles.

— Bah ! répliqua le gouverneur; ce qui vous a effrayé, ce sont les voix de la tempête.

Un troisième villageois vint confirmer le dire de ses deux compatriotes.

— Allons voir ce qui se passe, fit alors le gouverneur.

Et tous se mirent en marche du côté du rivage. A travers l'obscurité, grâce aux lueurs des éclairs, ils ne tardèrent pas à apercevoir une banquise, sur laquelle se tenait un groupe de chiens. Nicholina, qui était accourue avec ses amis, fut la première à signaler ces bons animaux, et on la vit s'avancer aussi loin qu'elle le put sur la glace attenant au rivage.

— Prenez garde ! Nicholina, lui criait-on, vous tomberez dans l'eau.

— Reviens près de moi, ajoutait son père, je le veux.

Et, malgré ces injonctions, la jeune fille restait à sa place, sans se soucier des éclaboussures des vagues et de la rage du vent.

— Mais je les reconnais, s'écria tout à coup un villageois ! ce sont les chiens de Peter Neswig. Il en a vingt et un. D'où vient donc que leurs maîtres ne sont pas avec eux ?.

— Ils doivent avoir été noyés ! ajouta le gouverneur.

— C'est impossible, répliqua Nicholina dont le cœur battait avec force. Bientôt la nuit va devenir claire et nous verrons ce qui se passe près du rivage.

— Vous allez monter la garde ici, fit le gouverneur en s'adressant à deux de ses attachés; quant à vous autres, mes amis, rentrez chez vous et prenez du repos. Qui sait? dès qu'il fera jour, vous aurez besoin de donner des preuves de votre énergie.

Chacun obéit à cet ordre: le père de Nicholina fut obligé d'emmener celle-ci dans sa maison. Mais deux heures après, quand l'aube parut, la jeune fille se hâta de revenir sur le rivage: elle était pâle comme une morte et des pleurs coulaient le long de ses joues.

La neige avait cessé de tomber et l'on pouvait mieux distinguer ce qui se passait à l'horizon. Enfin le soleil se montra: c'était de bon augure. Un bloc de glace s'en allait à la dérive dans la baie d'Upernawik; sur cette banquise, deux points noirs se détachaient sur la blancheur de l'eau congelée.

— C'est lui! c'est Carl Émile! s'écria Nicholina tout à coup. Le bateau? où est le bateau de sauvetage?

Tous ceux qui se trouvaient près de la jeune

filte lui demandaient des explications; mais elle ne répondait que par ces mots:

— Amenez le bateau ! je veux aller les chercher. Je les vois, je les sauverai. Qui veut venir avec moi? qui veut m'aider à les arracher à la mort?

Une douzaine de jeunes gens se précipitèrent pour braver le danger.

— Nicholina, ne t'expose pas, disaient-ils.

Mais celle-ci, s'emparant d'un aviron, s'était élancée dans l'embarcation et avait pris place sur un banc. Entraînés par cet exemple, ses amis la suivirent et l'on vit aussitôt le frêle esquif se battre contre les vagues dans la direction de la banquise.

Tous ceux qui restaient sur le rivage suivaient les sauveteurs avec la plus grande anxiété. Ceux-ci s'éloignaient rapidement; mais plus ils avançaient, plus ils comprenaient l'imminence du danger qui les menaçait.

— C'est folie de vouloir aller plus loin, dirent-ils enfin à la jeune fille.

— Lâches ! laisseriez-vous ainsi nos amis mourir sans tenter de leur porter secours ?

— Soit ! mais cessez de ramer : nos bras suffiront à cette tâche.

— C'est moi qui vous ai entraînés : je veux vous aider dans le maniement du bateau, répliqua Nicholina.

Une heure s'était écoulée depuis le moment où la barque avait quitté la rive, heure terrible, pendant laquelle les gens restés à terre subissaient les angoisses les plus cruelles.

Nicholina et ses compagnons venaient de faire le tour d'un îlot près duquel la fille du secrétaire avait aperçu la banquise sur laquelle se tenaient Peter et Carl Émile.

— Nagez ! nagez toujours, criait la courageuse enfant dont les cheveux noirs couvraient les épaules, dont le visage radieux dénotait une ardeur irrésistible. Elle était ainsi aussi belle que la vierge de Domremy à la tête des armées françaises qu'elle conduisait à la victoire.

Hélas ! les sauveteurs se désespéraient, car

Ils ne voyaient pas ceux qu'ils cherchaient au péril de leur vie.

— Les voici ! cria enfin Nicholina à la veille de perdre connaissance, tant elle éprouvait de joie en voyant Carl Émille qu'elle avait cru mort.

En effet, c'était bien le fils de Peter Neswig : afin d'empêcher son père de mourir de froid, il s'était dévêtu de sa houppelande et l'avait étendue sur le tonnelier couché sur la glace ; lui se tenait accroupi, grelottant, les yeux clos, mais il avait entendu la voix de celle qu'il aimait et il cherchait à se remettre sur pieds.

— Ils sont vivants ! s'écria Nicholina ! Mon Dieu ! soyez béni !

En quelques brassées, la barque accosta la banquise, et deux des amis du tonnelier et de son fils se hâtèrent d'aborder et de relever les pauvres naufragés. Peter avait les yeux fermés, mais son cœur battait toujours ; quant à Carl Émile, il s'était mis à genoux devant Nicholina et ses lèvres murmuraient des mots qu'elle seule pouvait comprendre.

Tandis que ceci se passait, les gens d'Upernawik, rassemblés sur le rivage, suivaient des yeux les mouvements de l'embarcation.

— Ils n'ont rien trouvé, disaient-ils; ils reviennent seuls.

Ils n'avaient pas aperçu les deux chasseurs couchés au fond du canot des sauveteurs.

Mais quand Nicholina et ses camarades eurent touché au port, un cri de joie s'échappa de toutes les poitrines. Tous voulurent aider à porter Peter et Carl Émile à leur domicile. Il s'agissait de les réchauffer et de leur rendre des forces. Chacun fit de son mieux pour arriver à ce but.

Le fils de Peter Neswig fut le premier qui rouvrit les yeux: il songea aussitôt à sa mère et à ses frères et sœurs.

Une demi-douzaine de traineaux se dirigèrent aussitôt vers l'endroit du rivage qu'il indiqua à ses amis, et, le soir même, le tonnelier et son fils avaient le bonheur d'embrasser ceux qui leur étaient chers. Tous avaient pu vivre grâce aux comestibles — les deux veaux marins — que leur avaient laissés les chasseurs au moment où ils recommandaient leur âme à Dieu.

Ce fut un jour heureux que celui qui réunit cette famille.

Nicholina avait été portée en triomphe: toute la petite ville s'était réunie pour rendre hommage à un courage si énergique. Carl Émile alla comme les autres remercier la noble jeune fille à qui son père et lui devaient la vie.

Lorsqu'ils furent seuls, on devine facilement ce que le jeune homme dit à celle qui lui était doublement chère, car elle avait donné la preuve évidente que lui même devait compter sur une grande affection. En effet Nicholina eût-elle exposé ainsi ses jours si elle n'avait pas éprouvé de l'amour pour Carl Émile?

Inutile d'ajouter que, quelques semaines après ces événements, il y eut une cérémonie à l'église d'Upernawik. Le prêtre bénissait l'union de ces deux braves cœurs.

Carl Émile et sa femme sont le plus heureux couple qui soit au monde sur le territoire du Groënland.

LES

NAUFRAGEURS DU LABRADOR

Il n'y a pas longtemps encore, — sous la Restauration, — les Bretons, dans certains parages du Finistère et surtout du côté de Penmark, se livraient à un effroyable crime qui consistait à attirer sur les côtes — par les nuits d'affreuse tempête — les navires qui passaient dans ces eaux irritées, à l'aide de signaux qui faisaient prendre les rochers de

2

Penmark pour un havre sûr, où ils pourraient attendre la fin de la tourmente et reprendre leur route. Ce n'était qu'un leurre : la mort était là.

Les romanciers ont usé et abusé de ces épouvantables événements. Le vaisseau, de quelque tonnage qu'il fût, brisé sur les récifs, devenait la proie de ces bandits; les naufragés, s'ils n'étaient pas massacrés ou noyés, se voyaient dépouillés, non seulement de leur propriété, mais encore des vêtements dont ils étaient couverts.

On a vu, hommes, femmes et enfants, se revêtir de paillassons ou d'herbes et marcher ainsi jusqu'aux premières maisons s'élevant aux abords de Quimper, pour y trouver un abri, du pain et quelques habits indispensables pour se présenter devant les autorités françaises et réclamer leur rapatriement.

Le drame de naufrageurs que nous allons raconter à nos lecteurs s'est passé il y a six mois sur la côte nord du Canada, en plein pays anglais. Rien n'est plus authentique, mais aussi rien n'est plus épouvantable. On ne comprend pas qu'en plein xix° siècle il existe encore des hommes assez sauvages, assez criminels, pour spéculer sur le malheur de leurs semblables et les attirer à une mort certaine pour s'emparer de leurs dépouilles.

Le navire norwégien à trois mâts *Oli-Sell* avait quitté la baie de New-York le 26 août, pour se rendre dans les mers du Groënland et se livrer à la pêche à la baleine.

Après avoir franchi le détroit qui sépare l'île de Terre-Neuve de la côte du Labrador par le 50° de latitude et le 80° de longitude, l'*Oli Sell* se trouvait en plein Océan et dans le voisinage du cap Charles.

Le 13 septembre, le temps, quoique le vent fût un peu tombé, était devenu menaçant et le navire tamponnait sur les roches des brisants. La houle de l'ouest et les courants portaient à la côte et le capitaine Adonto était d'avis que, si on ne réussissait pas à s'élever au vent, on courait grand risque d'être porté sur les bas-fonds du Labrador. On était alors par le travers du détroit de Belle-Ile et il s'agissait de doubler à tout prix la pointe du cap Charles, opération très difficile par une mer énorme et avec un bâtiment tout à fait dégréé.

L'équipage était à bout de forces, et il ne fallait plus compter que sur quelques hommes plus dévoués et plus audacieux que les matelots ordinaires. J'entends parler de six prisonniers qui s'étaient révoltés contre le capitaine Adonto et avaient été mis aux fers.

Une voie d'eau s'était déclarée et avait été « aveuglée », puis elle s'était rouverte ; et la manœuvre elle seule exigeait plus de la moitié de l'équipage.

Le capitaine regretta amèrement alors d'avoir sévi contre ses hommes, mais il ne songea même pas à les employer, tant il était certain de leur mauvaise volonté depuis qu'ils avaient été punis.

Vers le soir du second jour, il devint évident que le navire allait être jeté sur les rochers de la pointe du cap Charles, qui passe, à juste raison, pour un des points les plus dangereux de cette côte.

Les officiers essayaient de diriger quelques manœuvres propres à retarder le naufrage ou à le rendre moins affreux, mais les marins, désespérés et épuisés, obéissaient mal, et il semblait qu'une fatalité poussât à sa perte le malheureux navire.

On voyait déjà, à travers la brume, les grosses masses d'écume blanche, qui entourent comme d'un linceul les rochers noirs du cap Charles; le bruit terrible du ressac quise brise sans cesse sur ce cap funèbre arrivait distinct malgré les hurlements du vent d'ouest.

A ce moment là, les gens de l'*Oli-Sell* virent courir sur les rochers des lumières qui gravitaient autour d'une sorte de phare. Dans des parages plus civilisés, on aurait pu attendre des secours; mais les mœurs bien connues des riverains du cap Charlesdonnaient les plus grandes appréhensions au capitaine Adonto et à son équipage.

Quoiqu'il connût parfaitement les atterrages

de la côte sur laquelle il se trouvait, il se
demandait s'il n'avait pas été entraîné par le
courant et si le feu fixe qu'il apercevait devant
lui n'était point celui du port de Saint-John,
dans l'île de Terre-Neuve ? Ne se serait-il pas
trompé ? Hélas ? il n'en était pas ainsi. Le désir
du pillage avait amené sur lacôte du Labrador
tous les colons du voisinage qui se tenaient
embusqués là comme le chasseur qui choisit
un carrefour fréquenté par le gibier, espérant
que la chance leur allait envoyer l'*Oli-Sell* à
dépecer.

Leur instinct avait bien servi les misérables
La tempête leur amenait une proie certaine,
et ils cherchaient, par tous les moyens possibles, à hâter la catastrophe. Les lanternes
qu'ils promenaient sur les falaises n'avaient
d'autre but que celui de tromper le pilote, si le
navire en avait un, en lui persuadant que
devant lui un autre bâtiment naviguait libre-
ment.

Toute cette scélératesse était d'ailleurs super-
flue, car l'*Oli-Sell* n'en était pas à choisir sa

route : il no gouvernait plus et arrivait fatale-
ment sur la triple ceinture d'écueils qui défend
la côte canadienne. Sa perte n'était qu'une
question de temps.

Dans l'entre-pont, la scène était épouvantable.
Les six matelots mis aux fers étaient complè-
tement oubliés à fond de cale. Les imprécations,
les blasphèmes et les cris de douleur se croi-
saient dans cet étroit espace. Deux parmi ces
misérables avaient réussi à briser leurs fers et
cherchaient à enfoncer la porte de ce cul de
basse-fosse. Les quatre autres, couchés à plat
ventre sur le plancher, attendaient la mort
dans l'immobilité du désespoir.

Un choc épouvantable ébranla tout à coup
l'*Oli-Sell* qui venait de toucher et qui se coucha
lentement sur le côté.

Des hurlements horribles dominaient le bruit
de la tempête. Les six condamnés, roulés les
uns sur les autres, se ruaient sur la porte
pour tâcher de fuir : la mer entrait déjà par un
sabord défoncé. La dernière heure était
venue.

L'ouverture du fond de cale céda enfin sous l'effort des prisonniers, qui se précipitèrent pêle-mêle sur le pont du navire. Leur apparition ne fut pas même remarquée. Les matelots accrochés aux agrès tâchaient de résister aux attaques furieuses de la mer qui déferlait sur l'*Oli-Sell*. Le capitaine et ses officiers, réfugiés sur la dunette, essayaient encore de commander, mais leur voix se perdait dans la tempête. C'était le moment terrible où toute discipline disparaît, où chacun pense à son propre salut. Chacune des vagues énormes qui balayaient le pont enlevait quelques grains de la grappe humaine suspendue aux cordages. Certains, les plus braves, cherchaient autour d'eux une esparre, une cage à poules, afin de s'y attacher et de gagner la terre.

Le navire avait touché sur une roche à quelques encâblures de terre, et il était évident qu'avant une heure la mer l'aurait complétement démoli.

Tandis que ceci se passait à bord de l'*Oli-Sell*, des hommes couverts de peaux de bêtes, avec

de longs cheveux qui leur tombaient sur les
épaules et de grands chapeaux goudronnés
qui leur recouvraient le cou, s'agitaient sur la
grève. Des femmes déguenillées, portant des
falots à la mèche brillante, couraient vers la
mer et remontaient vers la falaise. On eût dit
quelque sabbat mené par des sorciers.

Le premier marin que le ressac jeta sur la
côte était un grand et solide gaillard qui, cram-
ponné à une bille de sapin, avait atterri sur le
sable et était pour ainsi dire évanoui, tant il
avait avalé d'eau salée.

Une vive sensation de douleur rappela enfin
le malheureux à la triste réalité. Des ongles
crochus s'étaient, tout à coup, enfoncés dans
les chairs meurtries, et des mains avides cherchaient à arracher les lambeaux de vêtements
qui le couvraient. Les misérables pillards ne
respectaient pas la mort, car ils croyaient
dépouiller un cadavre.

Le matelot, nommé Fabrice, eut la force de
jeter un cri qui fit fuir ces oiseaux de proie.

La horde sauvage, un instant effrayée par la

2.

voix de ce mort qui parlait, accourait sur lui, le bâton levé et le couteau entre les dents. Mais Fabrice s'était relevé sur un genou et portant la main à sa ceinture y avait trouvé un revolver qu'il braqua, à tout hasard, sur ses ennemis.

— *Let him alone* (laissez-le tranquille) ! dit celui qui paraissait commander les naufrageurs. Vous, pas de résistance ! ajouta-t-il en s'adressant à Fabrice. Nous ne vous ferons pas de mal, mais éloignez-vous.

Fabrice pouvait-il résister à une vingtaine de bandits qui l'eussent écharpé s'il avait résisté ? Il ne le crut pas et il alla, en trébuchant, se hisser sur un rocher éloigné d'où il lui fut possible de voir la curée se faire sous ses yeux. Il assista au hideux spectacle de ces sauvages arrachant les vêtements et volant les bijoux des morts que la mer jetait sur le sable. De tout l'équipage, personne ne paraissait avoir échappé à la catastrophe, et quand le jour se leva, — un jour de Labrador, brumeux et terne, — il n'éclaira que des cadavres.

On les voyait entassés les uns contre les autres au pied d'un rocher où les hideux naufrageurs les avaient traînés, après les avoir complétement mis à nus. Matelots et officiers se confondaient dans ce funèbre pêle-mêle.

Le soleil blafard qui éclairait cette scène était levé depuis une heure quand les voleurs de la côte se préparèrent à quitter la place. Leur troupe s'était recrutée de quelques affreuses mégères qui avaient amené par le licou des chevaux à longs poils, maigres et malpropres, qu'on aurait dit créés pour porter des sorcières à un rendez-vous diabolique. Le butin fut empilé dans de vastes paniers que les rosses furent chargées de porter, et on réserva la bête la plus décharnée pour placer sur son dos le malheureux naufragé.

Au moment où le hideux cortège allait se mettre en marche, un homme fourbu, essoufflé, arriva qui annonça aux naufrageurs qu'un détachement de troupes régulières, à cheval, s'avançait vers la côte et qu'ils couraient le risque d'être cernés avant d'arriver au village où ils résidaient.

La situation était critique. La loi est formelle au Canada; tout naufrageur est pendu haut et court. Mais il s'agissait de ne pas être trahis et de passer aux yeux des soldats pour de braves pêcheurs qui revenaient de la mer et en rapportaient du poisson. On ramassa du goëmon en toute hâte et on en couvrit les paniers, de façon à ce que le pillage ne fût pas visible aux yeux scrutateurs des soldats réguliers.

S'adressant ensuite au matelot hissé sur le cheval, le chef des naufrageurs lui dit d'une voix rude :

— Revêts ce caban et mets sur ta tête ce bonnet de toile cirée. Rappelle-toi que, si tu dis un mot, tu es mort. Dussions-nous tous être pendus, je jure de te planter ce couteau dans la poitrine si tu nous trahis ?

Fabrice ne répondit rien ; il obéit scrupuleusement aux injonctions du bandit.

Puis l'on se mit en route et l'on gravit les sentiers de la falaise.

Sur la glace.

Au moment où les naufrageurs débouchaient sur le sommet, ils aperçurent à deux portées de fusil devant eux un escadron du 7e dragons du Canada, qui s'avançait à leur rencontre.

— Halte ! s'écria le capitaine. Qui êtes-vous ? d'où venez-vous ?

— Nous sommes de pauvres pêcheurs qui revenons de lever nos filets, répondit effrontément le chef des naufrageurs. Si vous avez besoin de poisson, dites-le. Nous avons fait une bonne prise.

— Non ! Et la contrebande, n'en faites-vous pas aussi ? répliqua l'officier.

— Oh ! pouvez-vous penser ? Nous respectons trop les lois pour cela, et d'ailleurs les navires ne touchent point sur nos côtes, à moins qu'ils fassent naufrage.

— Allons ! c'est bien ; passez votre chemin ! leur déclara le capitaine de dragons.

Au moment où les naufrageurs défilaient devant l'escadron des troupes du gouvernement, Fabrice saisit vivement les rênes de sa monture qui fit un soubresaut et se jeta de côté. Le matelot eut assez de présence d'esprit pour éperonner l'animal qui alla se jeter dans les rangs des soldats.

— Sauvez-moi des mains de ces bandits! s'écria Fabrice; ce sont des naufrageurs!

— Malédiction! hurla le chef qui aurait voulu prévenir cette conversation malencontreuse et n'avait pas pu empêcher le matelot de se jeter au milieu de ses protecteurs naturels. Sauve qui peut acheva-t-il en lançant au galop le cheval porteur des paniers, sur lequel il s'était juché.

Les camarades de ce coquin voulurent imiter cet exemple, mais leurs chevaux mal nourris et peu disposés à la course se refusèrent à emboîter le pas. Il fallut se défendre; mais était-ce possible à des gens qui n'avaient pas d'armes? Le plus sage était de fuir et de laisser là les bêtes et le butin.

On eût pu voir un sauve-qui-peut général. Mais les dragons de la reine ne voulaient pas être ainsi dupés; sur l'ordre de leur capitaine,

Ils coururent sus aux fuyards et s'emparèrent de la plupart des bandits du Labrador.

Les femmes demandaient merci et imploraient les vainqueurs de cette « course pour la vie ». Elles furent réunies en groupe et on les conduisit avec les autres prisonniers, qui tous avaient été garottés, au fort le plus voisin, où leur procès fut fait en peu de temps. Les chefs furent condamnés à être pendus. Les autres y compris les femmes, furent envoyés dans les pénitenciers du pays et forcés de subir les rigueurs du *hard labour* (travaux forcés).

Quant au pauvre Fabrice, qui au risque de sa vie avait livré les misérables naufrageurs de l'*Oli-Sell*, il fut choyé et soigné par les autorités du pays et demanda enfin, quand il se sentit capable de voyager, la faveur d'être rapatrié, qui lui fut accordée.

PERTE DU « KURFURST »

(LE GRAND ÉLECTEUR)

DE LA FLOTTE ALLEMANDE

L'escadre allemande, composée des navires *la Prusse*, *le Roi Guillaume* et *le Grand Électeur*, avait quitté Williams-Haven, le 29 mai dernier. en route pour la Méditerranée. Elle était signalée en vue de Douvres, à huit heures quarante-cinq et à neuf heures cinquante.

Comme elle se trouvait à sept milles au sud-ouest de Folkstone, un abordage eut lieu entre le *Roi Guillaume* et le *Grand Électeur*, dans une manœuvre exécutée pour éviter une collision avec un navire marchand.

Le dernier de ces cuirassés sombra immédiatement, l'autre fut assez grièvement endommagé. Le garde-côte de Folkstone se porta immédiatement au secours des naufragés, et dès que la catastrophe fut connue, l'amirauté expédia au *Lord Warden* et à l'*Hercule*, à Portsmouth, l'ordre de se rendre à Folkstone à toute vapeur pour y organiser des secours.

Le remorqueur *Sampsony* fut également envoyé de Sherness.

Le nombre des victimes est évalué à trois cents, et on n'a sauvé que cent quatre-vingts personnes environ, parmi lesquelles l'amiral.

Le cuirassé perdu ne mit pas quatre minutes à couler à fond après la collision, et pendant qu'il sombrait une explosion se fit entendre, causée sans doute par l'introduction de l'eau dans les chaudières.

Aussitôt après avoir reçu la nouvelle de ce

grand malheur, le comte de Werther en donna communication au prince héritier d'Allemagne, qui partit aussitôt pour Douvres par un train spécial.

Le *Grosser Kurfürst* (Grand Électeur) était construit sur le modèle du grand vaisseau anglais à tourelles *Monarch*. Sa longueur était de trois cent neuf pieds, sa largeur de cinquante-deux, et sa hauteur de trente-quatre, du pont à la quille Il tirait tout chargé vingt-trois pieds d'eau. Son déplacement était d'environ 8,700 tonneaux, et la force effective de sa machine de 5,400 chevaux. Les machines à vapeur cylindriques qui mettaient en mouvement le navire étaient au nombre de trois, construites d'après les derniers perfectionnements. Elles avaient six chaudières à huit feux chacune, c'est-à-dire un total de trente-deux feux.

Ajoutons une petite chaudière qui mettait en action le cabestan et les deux machines des tourelles.

Le navire allemand atteignait une vitesse de

14 nœuds à l'heure. La coque en fer, d'une épaisseur de 31 centimètres, diminuait au milieu, en allant vers l'avant et vers l'arrière. La cuirasse de la casemate avait 21 centimètres, celle des tourelles 26 et 31 centimètres.

Au milieu du *Kurfürst*, une casemate cuirassée entourait les deux tours, qui s'élevaient à deux pieds au dessus du pont. Cette casemate était séparée de l'avant et de l'arrière du vaisseau par des parois transversales, protégées contre le vent et l'eau par une ceinture cuirassée qui descendait jusqu'au pont de la batterie.

Le pont — à l'exception d'une légère plateforme entre les tours — était tout à fait plat, afin de laisser le plus large champ possible aux pièces d'artillerie qui se trouvaient dans les tours.

Celles du *Kurfürst* étaient armées de 26 canons de deux centimètres, nouveau modèle, et pouvaient être mises en mouvement soit par une machine à vapeur spéciale placée dans l'entrepont, soit à l'aide d'une manivelle. Outre les quatre pièces d'artillerie, il y avait encore à l'avant et sur le pont un canon de 17 centimètres.

Les soutes à poudre et à boulets, situées derrière et devant les chaudières, pouvaient être au besoin mises sous l'eau, sans rendre pour cela hors de service les munitions qui s'y trouvaient. L'intérieur était divisé en plusieurs compartiments étanches, afin d'obtenir une plus grande sécurité dans le cas où le navire aurait été disposé à sombrer.

Tel était ce géant maritime, semblant prêt à défier toutes les attaques des hommes et des lames, et pourtant il a fallu quelques secondes, une secousse, pour l'anéantir.

Tout semblait être allé à souhait jusqu'au matin, à cette date fatale du 29 mai. Les équipages faisaient l'exercice pour exécuter les manœuvres en vue desquelles l'escadre avait pris la mer. On faisait des évolutions de tout genre et, vers neuf heures, le signal avait été donné de faire vapeur en avant en ligne.

Le vaisseau amiral *Kœnig Wilhelm* tenait naturellement la tête, suivi par le *Grosser*

Kurfürst ; le *Preussen* formait l'arrière-garde. On observa du rivage que, tandis que le *Grosser Kurfürst* n'était qu'à une demi-longueur de cable derrière le *Kœnig Wilhelm*, le *Preussen* était à une plus grande distance en arrière.

Voici qu'une barque norwégienne — dont on ignore le nom — passa devant la proue du vaisseau-amiral. Cette barque ne se dérangeait pas, et l'officier de quart du *Kœnig Wilhelm*, se souvenant de la règle qui veut que les navires à vapeur cèdent le pas aux navires à voiles, donna l'ordre de serrer le gouvernail à bâbord. On ignore si ce signal fut donné au *Grosser Kurfürst*.

Quoi qu'il en soit, ce dernier continua sa course, et en moins d'une minute celui-ci lui entra dans le flanc avec son puissant éperon, à la ligne de flottaison.

La collision entre les deux navires ne dura pas plus d'une minute ; mais aussitôt qu'ils se furent séparés on s'aperçut de la gravité de l'accident. Le coup avait porté de manière à rendre les cloisons étanches inutiles, et l'eau pénétra dans le navire à grands flots. Les feux furent éteints en un instant, et quelques minutes plus tard le *Grosser Kurfürst* fit une embardée à tribord et s'enfonça.

Quant au *Kœnig Wilhelm*, qui fut fortement avarié, les cloisons étanches de l'avant étaient closes, mais cela n'empêcha pas l'eau d'entrer abondamment par les portes : on résolut de couvrir l'avant d'une voile. C'est dans cet état que le navire arriva à Portsmouth.

Le *Kœnig Wilhelm* est une frégate cuirassée qui a été construite à Londres et est un des plus grands cuirassés qui existent actuellement. Il était d'abord destiné à la Turquie, mais il fut ensuite acheté par la Prusse. Ce navire a une longueur de trois cent quarante-six pieds au niveau de l'eau et une largeur de cinquante-trois pieds et demi. La force colossale de sa machine lui donne une très grande vitesse. Le *Kœnig Wilhelm* est armé de 28 canons d'acier fondu provenant de l'usine Krupp, et sa cuirasse est des plus solides. Les plaques de fer massif dont il est recouvert ont, en effet, une épaisseur de huit pouces et reposent sur une garantie de bois de vingt-deux pouces d'épaisseur, placée elle-même sur une coupe de fer de deux pouces qui recouvre la carcasse du navire, composée de couches de fer on ne peut plus solides. Les batteries du *Kœnig Wilhelm* sont disposées de telle façon que le navire peut combattre même lorsque la mer est agitée.

Telle est la narration la plus fidèle, la plus exacte des événements qui se sont passés dans la Manche.

L'on s'est occupé très activement de retirer les cadavres des marins qui ont péri au moment de la collision des deux cuirassés allemands.

Le *Kurfürst* est enfoncé dans dix pieds de sable. Les mâts émergent de l'eau à la marée basse et les opérations du sauvetage ont été confiées au remorqueur anglais le *Triton*. Les plongeurs qui se trouvent à bord de ce bâtiment ont achevé leurs opérations à l'arrière

A l'avant, ils ont couru, un moment, les plus grands dangers. L'un d'eux s'est trouvé pris dans un filet destiné à ramasser les torpilles, et que l'amiral Batsch avait fait tendre à la proue quelques instants avant la collision, en donnant l'ordre du branle-bas de combat.

Les camarades du plongeur sont parvenus à le dégager ; ils ont tiré rapidement la sonnette d'alarme et ont été remontés à bord immédiatement.

Une fois hors de l'eau, les hommes du scaphandre ont raconté qu'ils avaient aperçu, à l'avant du *Kurfürst*, un spectacle effrayant : une cinquantaine d'hommes gisant pêle-mêle, accrochés aux mailles du filet à torpilles : c'étaient les cadavres des marins du vaisseau naufragé qui, au moment du sinistre, s'étaient jetés à la mer par l'avant du navire, lequel marchait alors avec une vitesse de dix nœuds à l'heure.

Ces malheureux avaient été enveloppés par

le filet, et les meilleurs nageurs n'avaient pas pu échapper à la mort.

La commission qui s'est réunie à Kiel a examiné tous les documents relatifs à la catastrophe du *Kurfürst*, et l'on attend son rapport, qui permettra une enquête contre les personnes, s'il y a lieu.

Comme on le voit, le malheur poursuit l'escadre cuirassée allemande. Il y a un mois à peine, le *Frédéric-Charles*, autre frégate cuirassée, échouait, comme on le sait, conduite par un pilote danois, sur un récif dans le *Grand Belt*. Elle se fit un trou, et se trouve actuellement au port de Kiel pour subir de longues réparations.

Dans ces deux dernières années, le schooner *Frauenland* a été englouti par un cyclone dans les mers de Chine, et la corvette *l'Amazone* s'est perdue dans les mers du Nord. Ce dernier vaisseau servait d'école pour les jeunes marins.

Il paraît que tô' ou tard le bien mal acquis

ne profite pas, au dire des gens de bien. Ce qui se passe à l'égard de la flotte allemande pourrait bien donner gain de cause à ce dicton populaire.

UN NAUFRAGE INCONNU

Dans le nombre de nos lecteurs, certains se rappelleront sans doute la disparition du navire le *Président*, qui fut un des premiers steamers se rendant d'Europe à New-York, et dont on n'entendit jamais plus parler.

L'Océan a ses mystères insondables; mais tôt ou tard il arrive que la Providence dévoile les événements que l'on a cru devoir être cachés à tout jamais.

On s'était dit — au milieu de nombreuses hypothèses — que le *Président* avait dû sombrer entre deux vagues énormes, le poids de la machine ayant fait rompre par le milieu le navire qui était soutenu par les flots aux deux extrémités. Ne trouvant pas de point d'appui au centre, il s'était brisé aussitôt et avait disparu engoufré dans un abime qui s'ouvrit sous lui.

Un pêcheur de Brest a trouvé dernièrement au milieu de ses filets une bouteille cachetée qui contenait le document suivant, fort détérioré par l'eau de mer, mais qui offrait encore aux yeux des phrases très intelligibles. Nous donnons ce document, tel qu'il nous est transmis, sans le moindre commentaire. Nos lecteurs décideront ce qu'ils voudront à ce sujet :

« A bord du *Pré...ent...*

« Mon cher frère An...,

« Nous allons mourir : une fatalité sans exemple nous a poursuivis depuis que nous avons quitté la terre.

« A... au sortir de la Manche, le vent à fraîchi; notre pauvre navire, balloté par les

vagues, entraîné par la tempête a défoncé . .
. . . . ours (*un de ses tambours, sans
doute*). Le capitaine a voulu faire réparer le
. . . et, tandis qu'il donnait des ordres à cet
effet, il a été emporté par . . . vagues, sans
qu'on ait pu lui porter secours.

« Le second a pris le commandement, mais
soit que cet homme fut inhabile, soit qu'il
. . . . nous avons été emportés par le courant, sans que la machine pût
fonctionner au gré du mécanicien. Cinq jours
et cinq nuits, nous nous sommes trouvés en
proie à la plus violente alternative de sauvetage et de mort et nous quittons le bord sans
savoir si Dieu nous conduira vers quelque
terre hospitalière . . . . fait
eau de tous côtés ; on a mis les quatre embarcations à la mer, car il n'est plus possible
de songer à sauver cette carcasse désemparée.

«Comme j'aurais mieux fait de suivre tes
conseils et, au lieu de m'aventurer sur cette
machine inconnue, de prendre passage à bord
d'un voilier qui fût au moins arrivé sagement

à destination, tandis que, pour vouloir aller trop vite, nous n'arriverons peut-être pas!

« Rien n'est plus terrible que de voir la désolation et le désespoir de toutes ces femmes, des enfants, des vieillards qui sont autour de moi. Chacun songe à empor..... . . . . mais le capitaine force la plupart de ceux qu'il emmène à abandonner la valise ou le sac de nuit qu'ils voulaient prendre à bord des chaloupes. Il s'agit de sauver des vies et non des richesses.

« Allons! adieu ou plutôt au revoir! on m'appelle, je n'ai que le temps de. . . . .

« Embrasse toute la famille, notre vieux père, ma sœur, ma cousine, tes enfants. . . . .

        « A. . . . .

                « Ch. . . . . »

Ce document, très difficile à déchiffrer, a été fidèlement reproduit; il prouverait que le *Président*, car c'est de lui infailliblement qu'il s'agit, aurait péri corps et biens au milieu de l'Atlantique.

La bouteille en question aura été le seul vestige de cette terrible catastrophe. Par malheur, les adieux de M. Ch....... ne peuvent point arriver à leur destination, car qui pourrait dire qui était ce frère Ch... — Charles ou tout autre nom ? Il faudrait avoir sous les yeux la liste complète des passagers du *Président*, pour y trouver un vestige, un indice, et encore même nul ne pourrait dire s'il ne fait pas erreur.

———————

3.

LES RATS DE NORWÈGE

Le navire *Cornélia*, un trois-mâts norwégien d'une excellente construction, chargé de bois de sapin en planches en destination de Madère, avait quitté le port de Christiania le 27 juillet dernier, avec vingt hommes d'équipage et qua-tre passagers, trois dames et un vieillard père de l'une d'elles. Les quatre personnes se rendaient à Madère, par ordre d'un médecin de Christiania qui avait recommandé à Mme veuve Hélio, fille du vieillard, d'aller passer un hiver sous le tropique pour y rétablir sa santé.

Deux parentes du mari défunt de M⁻ Hélio avaient demandé à accompagner la malade, et le père de cette dame, qui ne voulait point se séparer d'elle, avait résolu de s'expatrier à son tour. Qu'aurait-il fait tout seul dans son pays natal ?

Le capitaine norwégien, nommé Craften, était une espèce d'ours mal léché, peu sociable, préférant un verre de genièvre ou d'eau-de-vie française à la conversation des dames qu'il avait prises à son bord. Aussi le voyait-on à peine à table le soir dans le petit salon du gaillard d'arrière, — si l'on pouvait ainsi appeler un méchant trou orné de planches vernissées, contre lesquelles étaient accolés deux divans recouverts d'une étoffe rougeâtre et qu'éclairait une lampe fumeuse. Le vieux loup de mer se plaisait mieux dans la compagnie de son second, un autre sauvage, qui, lui, n'adressait jamais la parole aux passagers.

Les matelots ressemblaient fort à leurs chefs, si bien que la traversée paraissait devoir être fort monotone à la famille embarquée à bord du *Cornélia*.

Heureusement pour ces bonnes gens, la température était fort propice, l'atmosphère très pure, et ils pouvaient passer sur le pont la plus grande partie de leur journée : le soir ils se réunissaient après souper, sur le banc placé en avant de l'habitacle, sous lequel le timonier se tenait à l'abri, et ils devisaient ensemble de choses et d'autres, en contemplant le ciel et toutes ses harmonies.

N'oublions pas d'ajouter que Mme veuve Hélio était mère d'une gracieuse fillette âgée de trois ans, qui prenait ses ébats sur le pont sous la surveillance de ses parents.

Tout était nouveau pour les passagers, qui n'avaient jamais quitté leur pays, et chaque fois que le *Cornélia* longeait la côte, — soit sur la Manche, soit de l'autre côté du cap Breton, en face des îles d'Ouessant, dans sa route pour Lisbonne et Madère, — ils examinaient, à l'aide de leur longue vue, les rives françaises, puis les rives espagnoles, et enfin les côtes du Portugal.

Une seule chose troublait quelquefois le sommeil des passagers. Ils entendaient certains bruits ressemblant à des grattements sur le parquet, et il leur arrivait parfois, en s'éveillant en sursaut, d'apercevoir, à la lueur de la lanterne qui éclairait le salon, autour duquel était ouvertes leurs cabines, un ou deux rats grignotant les restes de la table que le balai du domestique avait oublié d'enlever.

Certes rien de plus naturel que la présence de rongeurs à bord d'un navire. Quelles que soient les chasses incessantes qu'on fait à ces bêtes malfaisantes, il est rare qu'on parvienne à s'en débarrasser complétement sur toutes ces maisons flottantes qui sillonnent les mers.

Seulement, ce qui étonnait les passagers de *Cornélia*, c'était la grosseur des rats qui se trouvaient assez hardis pour venir leur faire visite. Les animaux de cette espèce que nous connaissons en France, voire même les rats d'égout, sont de grosseur moyenne, mais ceux de Norwège atteignent souvent la taille d'un lapin de garenne.

Il était évident que la race qui se trouvait à bord du navire était celle-là ; aussi Mme veuve Héllo et ses deux parentes — jeunes filles de vingt à vingt-deux ans, — éprouvaient-elles des terreurs sans pareilles, toutes les fois qu'un rat se montrait à leur vue.

—Capitaine, dit un matin Samuel Christoval, le vieillard passager, en s'adressant à Craften, nous avons dans notre chambre des rats énormes et vous nous obligeriez fort si vous employiez quelque moyen efficace pour nous en débarrasser : ces dames sont en proie à de violentes terreurs toutes les fois qu'un de ces animaux paraît devant elles.

—Je n'y puis rien, monsieur, répliqua brusquement celui-ci. J'ai trop peu de monde dans mon équipage pour occuper les matelots à la chasse aux rats. Si vous voyez ces animaux à porte, ,faites comme moi, monsieur. tuez-les à coups de bâton ou de talons de bottes et tout sera dit.

Sans vouloir écouter davantage son passager, le brutal lui avait tourné le dos.

Il fallait donc faire contre fortune bon cœur, c'est ce que fit Samuel Christoval qui, à deux ou trois reprises, réussit à assommer des rats qui se trouvaient à portée de sa canne.

Un jour les marins du *Cornélia* aperçurent un marsouin dans les eaux du navire. C'était une bonne aubaine pour le « mess » de l'équipage : avec la permission du capitaine, les marins descendirent la yole à la mer, et, après une course prolongée, l'un des hommes, très adroit harponneur, réussit à percer de part en part le squale, que l'on transporta à bord. Il pesait trois cents livres, et sa chair dépecée par tranches à grillades servit de régal à ces navigateurs, aussi bien qu'aux passagers de la chambre.

Le soir était venu, et les matelots, très peu soigneux avaient laissé sur le pont les restes du poisson géant, qui gisaient près du grand mât au pied du cabestan. Ce soir-là, l'atmosphère était fort obscure et faisait prévoir un orage, et c'est à peine si, de temps à autre, des éclairs, pendant la nuit, éclairaient la longueur du navire.

Samuel Christoval et une des deux parentes de sa fille se trouvaient seuls assis devant l'habitacle. La veuve, l'autre dame et l'enfant reposaient dans leur chambre.

— Ne voyez-vous rien près du cabestan ? demanda le vieillard à la jeune fille.

— Si fait, mon oncle, — quelque chose qui remue. Là, là, regardez!

Le vieillard se leva sur la pointe des pieds, avança de quelques pas et revint aussitôt en s'écriant :

— Les rats! les rats! il y en a plus de mille qui dévorent le marsouin. Eh! ohé! le matelot! arrivez, ou votre portion sera complétement mangée!

A cet appel, deux hommes de l'équipage se montrèrent à l'ouverture de l'entrepont, portant des lanternes et des balais ; mais; avant qu'ils eussent pu sortir par leur vomitoire, les rats avaient fui de tous côtés et il n'en restait plus un sur le pont.

Il n'y avait plus de marsouin : l'épine dorsale seule et la tête du poisson avaient été épargnées.

— Au diable les maudites bêtes ! s'écrièrent les deux matelots : ils ont mangé notre réserve de viande fraîche. Baste ! nous avons encore du « codfish » et du bœuf salé. C'est encore bon à mettre sous la dent. N'y pensons plus.

Et ils retournèrent vers leur cadre reprendre le sommeil interrompu.

Cette aventure avait donné à penser à Samuel Christoval; mais il trouva inutile de porter encore ses doléances à la connaissance du capitaine.

D'ailleurs celui-ci avait bien « d'autres chiens à fouetter », comme il le disait dans ses moments de bonne humeur... après boire. La tempête menaçait à l'horizon : déjà les vagues moutonnaient avec force et le roulis accompagnait le tangage. Des paquets de mer assaillaient le *Cornélia*, qui semblait se dresser contre la tourmente.

Dans les cabines, les passagers s'étaient mis à prier. Ils demandaient à la Providence d'éloigner d'eux un sinistre qu'ils redoutaient depuis longtemps. Parmi les fracas sourds qui les épouvantaient, de grands cris venant du pont annonçaient la détresse violente. Un coup de tangage se fit sentir et les gonds du gouvernail cessèrent de crier.

Au même instant, un mouvement saccadé, des cris d'appel, des bruits de chaînes que l'on tirait ou que l'on décrochait se firent entendre. La voix du capitaine vociférait :

— Toutes les embarcations à la mer !

Mais la clameur de l'Océan avait empêché les passagers d'ouïr ces paroles. Le bruit seul, bruit horrible, incessant, de l'orage et de la tempête frappait leurs oreilles. Ils priaient toujours.

Pendant ce temps-là, voici ce qui s'était passé sur le pont du *Cornélia* :

Le capitaine, averti par son second et les

gens de l'équipage, avait découvert une voie d'eau énorme dans la soute : c'est en vain que tout l'équipage réuni avait essayé de l'aveugler. Voyant tous leurs efforts inutiles, les matelots et le capitaine avaient résolu de se jeter dans les embarcations et de gagner la côte du Portugal que l'on apercevait à distance, s'il fallait en croire la lueur d'un phare à feux tournants placé à la gauche du navire en détresse.

Les infâmes n'avaient pas même songé à leurs passagers.

Le capitaine, trahissant l'honneur, s'était dit que les embarcations suffisaient à peine pour le porter lui et ses hommes.

— La Providence veillera sur eux, pensait-il en riant d'une façon sardonique.

Il ne savait pas si bien parler.

La famille de Samuel Christoval se trouvait seule, bien seule à bord du *Cornélia*.

A un moment donné, l'eau envahit la cabine et Mme Hélio, prenant son enfant sur sa poitrine, fut la première qui gravit l'escalier pour monter sur le pont. Elle fut aussitôt suivie par les deux jeunes filles et le vieillard et se placèrent à ses côtés.

Le jour commençait à poindre et l'on pouvait facilement percevoir tous les objets qui étaient placés à portée du rayon visuel.

Quelle ne fut pas la stupeur des passagers quand ils distinguèrent sur les planches du pont, au milieu des cordages enroulés, entre les cages à poules, de toutes parts, de tous côtés, des rats, d'énormes rats, dont le nombre augmentait au fur et à mesure que le navire s'enfonçait dans l'eau !

Les malheureux se voyaient perdus, bien perdus.

D'une part, la mer qui devait les ensevelir, de l'autre, — au cas où le *Cornélia*, dont le chargement, comme nous l'avons dit, se composait de planches de sapin, surnagerait, ne sombrerait pas, — les bataillons de rats qui, ne trouvant plus de nourriture à l'intérieur, se rueraient sur eux pour ne pas mourir de faim. Cette dernière mort n'était-elle pas plus

affreuse encore que celle d'un ensevelissement
au milieu des flots ?

Comme l'avait prévu Samuel Christoval, le
Cornélia n'enfonçait plus. L'eau était arrivée à
deux mètres au dessus de la flottaison et le
navire se soutenait. Dans le lointain, on apercevait une côte assez élevée, mais aucune
voile ne se montrait à l'horizon.

Il fallait se résigner à attendre des secours
de la Providence, contre laquelle Craften avait
blasphémé. Le vieillard aperçut, à deux mètres du banc où il se tenait alors avec sa famille, deux barillets abandonnés sans doute par
l'équipage au moment où il se disposait à fuir.
Des milliers de rats géants cherchaient à dé-
chiqueter le bois pour arriver au contenu.

Samuel se précipita sur cette vermine, un
anspect à la main, frappa, de ci, de là, et, écra-
sant des rats qui couvraient le pont de leur
sang, il parvint à s'emparer des deux barillets
qu'il ouvrit avec peine, et dans lesquels il
trouva des biscuits et des jambons fumés. Il y
avait là certainement des provisions suffisantes

pour ne pas mourir de faim, mais l'eau douce manquait. Autre secret de la Providence : en se retournant du côté du gouvernail, Samuel Christoval découvrit une casque d'eau douce, amarrée entre la drisse de la roue.

Les passagers s'adressèrent à Dieu d'une voix unanime pour le remercier de ces secours inespérés. Il n'y avait plus qu'à attendre l'assistance des hommes : celle du ciel était là.

La journée fut longue : les rats avaient trouvé ce qu'il fallait pour assouvir leur appétit dévorant et ne songeaient pas à attaquer les passagers. Mais, quand vint la nuit, ils se montrèrent plus audacieux : il fallut veiller, et Samuel Christoval n'osa pas fermer les yeux jusqu'au jour. Le soleil levant lui permit de confier aux femmes le soin de faire sentinelle.

Cruelle journée ! et nuit plus terrible encore, parmi celles qui suivirent.

Le quatrième jour une nouvelle douleur vint frapper les passagers. L'enfant de Mme Hélio mourut. Ce fut une désolation générale. Lorsque les pleurs eurent fait place au désespoir, la pauvre veuve ensevelit son fils dans une toile à voile et plaça ces restes chéris sur le sommet de l'habitacle, comme un cénotaphe. Il va sans dire que nul de la famille ne songea à prendre son repas du soir, et d'ailleurs les provisions salées commençaient à écœurer chacun des malheureux ainsi abandonnés à la merci des flots.

Nulle voile ne se montrait à l'horizon.

La nuit vint, nuit épouvantable, car le vent soufflait avec force et la tempête sévissait. Quoi qu'il en fût, tous les passagers avaient cédé au sommeil, et lorsque l'aube parut ils dormaient encore.

Le réveil fut terrible. Horreur! les rats avaient arraché à coups de dents le funèbre linceul qui enveloppait l'enfant mort, et ils n'avaient laissé que les os de cette dépouille chérie.

Les parents n'avaient plus devant eux qu'un squelette.

La pauvre mère tomba évanouie ; puis, malgré les soins des deux jeunes filles et du vieillard, elle se mit à délirer en appelant son enfant, et, au moment où on y pensait le moins, elle se dressa, et d'un bond se jeta à la mer...

Cinq jours d'angoisse, de souffrance et de terreur s'écoulèrent encore à bord du *Cornélia*. Les nuits se passaient dans des transes inexprimables, car l'audace et la voracité des rats augmentaient avec d'autant plus de rage que les vivres diminuaient. L'une des deux jeunes filles, la plus jeune, sucomba à son tour, et l'on vit le pauvre Samuel Christoval et la dernière survivante du naufrage, la tête inclinée sur la morte, attendant, implorant la Providence pour qu'elle mît fin à leur torture.

Les rats affamés se jetaient de temps à autre sur les deux infortunés qui les repoussaient faiblement à coups d'anspect. Mais le bataillon s'avançait plus serré, plus audacieux, et ils eussent succombé l'un et l'autre, si la Providence ne fût venue à leur secours.

Un navire vint à passer: le capitaine, voyant cette épave, voulut savoir ce qui était arrivé. Il envoya une embarcation à la reconnaissance, et cinq matelots qui montaient cette péniche ramenèrent bientôt les malheureux survivants du désastre du *Cornélia*.

Les restes de Mme Hélio furent ensevelis suivant les usages maritimes, avec les prières du capitaine et de tous les gens de son bord.

Le lendemain de cette heureuse délivrance, Samuel Christoval et la jeune fille attérissaient à Gibraltar.

Ils sont revenus à Christiania.

Le capitaine Craflen a été dégradé pour avoir ainsi trahi les lois de l'humanité.

ECRASÉ PAR LES GLACES

RÉCIT D'UN DE NOS COMPATRIOTES

Nous avions quitté Amsterdam à bord d'un navire à vapeur, en route pour Christiania. Notre steamer passait avec juste raison pour un des meilleurs de la ligne du nord, et tout nous promettait une prompte et heureuse traversée, malgré la rigueur de la saison.

Notre équipage, composé d'excellents hommes de mer, était commandé par un capitaine et des officiers très expérimentés. Parmi les passagers, au nombre de vingt-trois, moi compris, on comptait une dame du plus grand mérite, femme d'un aide de camp du roi de Norvège, venant de Nice, où elle avait été passer la saison hivernale pour rétablir sa santé ; deux actrices se rendant à St-Pétersbourg, que l'on devait débarquer en route, et enfin un certain nombre de touristes et de négociants se rendant en Norvège et en Suède pour leurs plaisirs et leurs affaires.

Pendant les premiers jours de la traversée, tout alla bien. Nous étions à la fin de février, et déjà le soleil brillait dans nos haubans.

Au matin de la quatrième journée, un froid terrible se manifesta dans notre atmosphère. En quelques heures, la température, qui était d'abord à onze degrés au dessus de zéro, était retombé à douze degrés au dessous. On avait allumé les poêles du bord, et nous nous chauffions comme des Sibériens autour de ces calorifères marins.

Il n'y avait pas à en douter, et le capitaine

lui-même corroborait cette opinion, nous passions dans le voisinage des montagnes de glace, se détachant des grands glaciers maritimes, pour descendre sur les côtes du continent européen. Chacun de nous songeait au danger possible dans de pareilles rencontres, et il était peu de personnes qui ne se disaient *in petto* qu'elles couraient un grand péril. Combien de navires avaient été écrasés par ces terribles glaces mouvantes, lesquelles, perdant l'équilibre, se couchaient tout à coup à droite, à gauche, et se fendaient en deux, anéantissant de toutes façons ce qui se trouvait à leur portée !

Un sentiment de terreur, impossible à réprimer, se produisait sur tous les visages, depuis celui du dernier mousse, jusqu'à ceux des passagers et des officiers, et chacun sondait l'horizon.

On redoutait une tempête et dès lors la situation eût été plus terrible encore ; car, le navire, luttant contre les vagues, montan, et descendant sur les collines de ces vallées liquides, pouvait se trouver inopinément contre une de ces grandes banquises et se briser comme le pot de terre contre le pot de fer.

La journée se passa sans que rien ne changeât la situation, et quand vint la nuit, ni le capitaine, ni ses officiers ne purent se décider soit à fermer les yeux, soit à prendre le moindre repos.

C'est à peine si quelques passagers eurent le courage de se laisser aller aux délices du sommeil. Mme de Sonnehart, la femme de l'aide de camp du roi de Norvège, fut du nombre de ceux qui voulurent rester dans l'habitacle, prêts à tout événement.

Quant aux deux actrices, elles avaient ri en présence du péril, déclarant bien haut qu'elles étaient trop jeunes pour mourir « glacées »; et que d'ailleurs elles étaient assurées contre tous les sinistres terrestres et maritimes.

La nuit vint, nuit sombre, noire, qu'aucun

lueur ne perçait, et malgré les réflecteurs que l'on avait allumés à bord de notre steamer, le pilote ne parvenait pas à voir sa route. Inutile d'ajouter que les heures, régulièrement « piquées », s'écoulèrent avec une lenteur désespérante.

Enfin, le jour parut . nous étions entourés d'un brouillard de couleur opale si épais qu'on ne se voyait pas à deux pas à bord du steamer. Peu à peu, ces vapeurs denses se dissipèrent et le soleil qui perça le brouillard les chassa complétement. On eût dit le voile d'une belle mariée arraché lentement de son front rougissant par l'heureux époux qui vient de lui donner son nom, en lui abandonnant son cœur.

Épouvantable réveil que le nôtre ! A cinquante mètres au plus, vers tribord du steamer, se tenait, droite comme un obélisque transparent, une glace géante, montagne de cent mètres de hauteur, dont les aiguilles hérissées semblaient autant de bras infernaux, prêts à nous écraser dans leurs embrassements dantesques.

Chacun porta ses mains à ses yeux pour se cacher la vue d'un danger aussi menaçant ; nos dents claquaient de peur, notre respiration était arrêtée. On se recommandait à Dieu, et le plus profond silence régnait à bord.

Tout à coup la voix du capitaine retentit sur le pont.

— Machine en arrière ! hurla-t-il dans le porte-voix.

En effet, il s'agissait d'arrêter l'impulsion du navire et de rebrousser chemin. Il n'y avait aucune banquise du côté du sud : la montagne de glace était seule, isolée, mais terriblement menaçante.

Par malheur les ordres du capitaine ne pouvaient être exécutés comme celui-ci le désirait. Tout autour de nous s'était formée une sorte de banquise composée par des glaçons flottants qui semblaient nous presser, nous enlancer et tendre à nous forcer à un contact immédiat avec la terrible montagne glacée.

— Hélas ! nous sommes perdus, murmura le capitaine du steamer ne s'adressant à son second. Que faire ?

— Mon avis serait de mettre les embarcations à la mer et d'y placer vos passagers, sous la direction de nos meilleurs matelots.

— Mais le choc des glaces ?... objecta le chef du steamer.

— Pourra être évité, grâce aux tampons de liège dont toutes nos yoles et chaloupes sont bordées à l'extérieur.

— Soit : mais attendons alors que le danger soit plus imminent encore.

— Tel n'est pas mon avis, capitaine, ajouta le second. Plus nous mettrons de temps à agir, moins nous aurons de chances de salut.

Les Naufragés,

— C'est bien ! monsieur ; je vais donner des ordres.

Et le capitaine, au moyen de son sifflet, manifesta sa volonté à laquelle on obéit aussitôt.

Cette manœuvre avait été si rapidement opérée, que les passagers ne virent les embarcations à la mer qu'au moment où elles s'affalaient dans l'eau.

— Mesdames, messieurs, dit alors le chef de bord, il se peut que notre pauvre navire soit écrasé par cette énorme banquise ; mes officiers et moi nous restons à bord pour tirer le steamer du danger qui le menace : mais vous, descendez dans ces chaloupes pour être tout à fait hors de danger. Mes meilleurs matelots vont vous conduire au delà de cette mer de glace où nous irons vous rejoindre, dès que nous le pourrons. A la garde de Dieu !

Dix minutes après tous les passagers,

femmes et hommes, se trouvaient embarqués, et les matelots ramaient de façon à sortir du milieu des glaçons dangereux qui les entouraient, mais dont l'amas ne dépassait point l'espace voisin de la montagne transparente.

— Bon courage, mes gars, à bientôt ! criaient le capitaine et ses officiers.

Un quart d'heure suffit pour opérer ce transbordement imprévu, cette déroute poignante : nos cinq embarcations étaient parvenues au sein d'une mer presque unie, éclairée par un soleil radieux. On eût pu se croire sur un lac, en partie de plaisir, se livrant à une promenade joyeuse. Mais, hélas ! la terrible banquise descendait toujours, menaçante, vers le steamer, qui ne pouvait plus ni reculer, ni avancer.

Une demi-heure s'écoula dans une angoisse sans pareille. Tous les yeux étaient tournés du côté du navire et de ce bloc géant qui paraissait immuable. Cependant, à un moment donné, un énorme bloc se détacha de la banquise et vint

briser le mât de misaine avec un bruit épouvantable. Dix minutes après, un autre morceau
plus gros que le premier arrachait les haubans
du mât d'artimon et défonçait un des côtés du
steamer. Nous assistions terrifiés à la perte de
notre véhicule maritime et de tous nos baga-
ges.

A ce moment-là, le timonier du you-you, dans
lequel nous étions placés au nombre de six,
s'écria :

— Un homme à la mer !

En effet, on pouvait voir qu'un malheureux
luttant contre les vagues, se débattant sur les
glaçons et enfin s'accrochant à un énorme
bloc, où il se maintint à force de poignet.

— C'est le lieutenant ! fit encore le timonier
Il faut le prendre à bord, car c'est le meilleur
ami des matelots ; nageons, mes enfants,
ajouta-t-il en s'adressant à ses deux camarades.

Le naufragé fut enfin hissé dans notre you-
you.

Il était temps ! A peine ce malheureux se
trouvait-il parmi nous que la montagne de
glace, minée par la base, se retourna et recou-
vrit le navire. On entendit un craquement
unique, sans pareil. Le drame était fini et ce
choc produisit un tel remous dans tous les
environs que les vagues montèrent et descendirent comme si la plus terrible tempête eût
sévi à ce moment-là.

Deux embarcations sur les cinq qui avaient
été jetées à la mer furent également écrasées
et dans l'une d'elle se trouvaient les infortu-
nées actrices embarquées pour Saint-Péters-
bourg.

Qu'était devenue Mme de Sonnehart ? nous
nous le demandions, quand, tout à coup, au
coin d'un énorme bloc de la banquise qui flottait autour de nous, nous aperçumes cette

malheureuse dame accrochée aux bordures d'une autre embarcation également brisée.

Il va sans dire que l'on se hâta de la recueillir et de lui donner tous les soins possibles. La pauvre femme perdit connaissance et resta ainsi près d'un quart d'heure sans reprendre l'usage de ses sens.

Dans cet intervalle un vent assez léger d'abord, puis plus fort, s'était élevé, grâce auquel la banquise et ses débris se dispersèrent si bien, qu'après une heure d'alternatives plus ou moins périlleuses nous nous vîmes hors des atteintes des glaces.

Mais nous étions loin de nous croire sauvés pour cela. Ne nous trouvions-nous pas en pleine mer du Nord, exposés au froid, presque sans vivres, sans eau, destinés à mourir d'une façon plus ou moins fatale, si la Providence ne venait pas à notre aide ?

Dans la rapidité de notre embarquement, c'est à peine si les matelots, avaient songé à jeter quelques méchantes provisions et cinq bouteilles de rhum dans le you-you. Il y avait trois grands pains, un jambon cru et dix boîtes de conserves. Mais qu'était-ce que cela pour sept personnes, si la navigation se prolongeait?

Le soir venu, on fit des rations par parts égales; mais la dame se plaignit de ne pas avoir de l'eau, car les spiritueux lui faisaient horreur. Il lui fallut forcément toutefois, se résigner à porter quelques gouttes de liqueur à ses lèvres. Contre son attente l'absorption de ce rhum lui rendit des forces et la réchauffa; c'étaient un point important, car la malheureuse dame, glacée, couverte de vêtements humide, risquait fort de prendre une fluxion de poitrine.

La nuit fut très mauvaise, quoique les ondes ne s'élevassent pas trop : enfin le jour parut au milieu d'une brume qui se dissipa et nous laissa voir un trois-mâts de commerce, s'avançant à la voile dans notre direction.

— Sauvés, grâce à Dieu, nous sômmes sauvés miraculeusement ! telle fut la pensée unanime.

Le trois-mâts avançait toujours, nos mate- lots et nous-mêmes nous faisions des signaux de détresse, et nous étions convaincus que lë vaisseau marchand allait venir à notre secours. Hélas ! à vingt encâblures de notre you-you, il vira de bord et reprit sa route vers le nord.

Le désespoir fut général et l'on se demandait ce que cela voulait dire. Une demi-heure après, le même trois-mâts revint à portée ; nous le hélâmes à nouveau, et nous entendîmes enfin une voix qui criait dans la langue anglaise :

— Que désirez-vous ? (*what do you want ?*)

— Monter à votre bord. Nous sommes de pauvres naufragés ayant besoin de secours pressants, transis de froid et à la veille de mourir de faim.

Le capitaine avait immédiatement donné des

ordres et fait stopper son navire. Un quart d'heure s'était à peine écoulé que nous étions tous sur le pont de notre sauveur.

Instruit de l'horrible événement et du sort de nos camarades de route, car nous avions été les seuls que la Providence eût voulu épargner, le capitaine marchand voulut inspecter le lieu du sinistre. Il changea de direction et descendit vers le sud ; mais son excursion fut inutile : on trouva çà et là quelques épaves, l'arrière du steamer se soutenant au dessus de l'eau : ce fut tout. Il fallut se résoudre à continuer notre route. Le trois mâts se dirigeait vers Copenhague, où nous fûmes débarqués douze jours plus tard, rétablis et en parfaite santé. Seule M⁰ᵉ de Sonnehard se ressentait encore de son bain forcé dans l'eau glacée et des émotions de son naufrage.

Elle fit télégraphier à son mari un récit succinct de la position, et celui-ci se hâta d'accourir près d'elle. J'avais été très compatissant pour cette noble dame qui m'avait pris en amitié, aussi me recommanda-t-elle à son époux tout-puissant à la cour de Christiania, et, grâce à lui, je pus parvenir dans cette capitale, où je me suis fixé et où j'occupe un emploi supérieur dans le ministère des affaires étrangères, grâce à la connaissance que j'ai de cinq langues vivantes.

LES

REQUINS DE L'ATLANTIQUE

Le 5 juin 18.., on avait mis le cap sur les Barbades (Petites-Antilles,) et l'on goûtait à bord de l'*Eagle*, cutter américain, le charme incomparable d'une navigation rapide sur les flots unis, tandis qu'une douce brise se jouait dans les voiles.

Peu à peu la marche se ralentit ; la vitesse diminuant, les voiles commencèrent à battre contre la mâture, et bientôt un calme plat laissa l'*Eagle* à la merci d'un courant qui l'entraînait vers les récifs.

Il était impossible de songer à jeter une ancre ; les énormes rochers qui s'élevaient perpendiculairement du fond de la mer ne présentaient à l'équipage que des lames acérées prêtes à briser le navire, et qu'un abîme béant pour l'engloutir.

Cependant les courants emportaient toujours le cutter ; les vigies distinguaient du haut des mâts le banc de sable brillant sous les eaux. Toute la voilure était au vent, et l'on approchait cependant avec une force irrésistible.

Soudain le cutter donna un coup de talon ; il courut encore quelques instants, en donna un second, puis un troisième. Un choc violent avait ébranlé toute la masse ; l'avant du navire était soulevé par les rochers tandis que l'arrière flottait encore en roulant sur les vagues.

Aux deux premiers coups de talon, de sourds gémissements s'étaient échappés de toutes les poitrines ; mais au troisième, un cri, un seul cri, déchirant, immense, retentit, dominant le bruit des lames qui venaient battre les sabords du navire.

Cet accident présageait les plus affreux périls ; pourtant on ne remarqua aucune avarie ; le cutter ne faisait eau nulle part ; sa proue, en heurtant la pointe du rocher, en avait brisé la surface, et son excellent blindage avait résisté aux premiers chocs. Néanmoins le danger ne faisait que croître ; le vent du large, qui s'était élevé depuis quelque temps, soufflait avec une force prodigieuse ; la mer grossissait, et l'*Eagle*, incliné sur les rochers, semblait à chaque instant devoir céder aux efforts réunis des éléments.

Vers neuf heures du soir, la violence du vent s'accrut, la mer devint encore plus houleuse, des nappes d'eau déferlaient sur les flancs du cutter, et semblaient devoir l'engloutir au fond des eaux. On entendit bientôt un nouveau cri d'angoisse ; le sabord s'abaissa jusqu'au niveau de l'Océan, et, malgré toutes les manœuvres de sauvetage, le bâtiment se trouva démâté et coiffé.

Le lieutenant Smith accourut aussitôt sur le pont, et au moment où il mettait le pied sur la dernière marche de l'escalier, le navire sombra il ne devait plus se relever.

L'équipage, qui se composait de vingt-quatre hommes, se trouvait heureusement sur le pont, à l'exception de deux matelots qui se noyèrent dans le cutter.

En un instant, tout l'équipage se débattit au milieu des flots. Les cris : « Au secours ! » poussés par les voix déchirantes des matelots qui se noyaient, les hurlements de fureur et de désespoir des autres, semblèrent apaiser un moment la violence de la tempête, car aussitôt que le navire eut sombré, le vent tomba, le calme reparut, et les rougeâtres lueurs de la lune éclairèrent les visages pâles des naufragés luttant au milieu de l'Océan.

Cependant la chaloupe, attachée aux dromes du cutter, était ballotée à la surface des flots et semblait destinée à sauver l'équipage. On coupa avec un couteau le seul cordage qui retint encore la chaloupe à l'*Eagle*; ce cordage était le dernier lien qui rattachât l'existence des matelots au cutter; une fois rompu, tout était fini entre eux et le bâtiment.

Tous les matelots se mirent aussitôt à nager vers la chaloupe, et, oubliant toute prudence, ils se jetèrent impétueusement sur la petite embarcation.

Ce n'était plus l'équipage soumis, intrépide et docile de l'*Eagle*, c'était une véritable bande effarée, indisciplinée, qui se ruait vers cette frêle machine. Aussi, comme il était facile de le prévoir, la chaloupe heurtée en tous sens chavira, et les matelots tombèrent pêle-mêle dans la mer; puis, retournant vers la chaloupe, ils s'y accrochèrent comme ils purent; ceux-ci à la poupe, ceux-là à la proue, n'ayant hors de l'eau que les bras et la tête.

Le lieutenant Smith, homme d'intelligence et de cœur, exerçait un grand empire sur l'esprit de ses matelots; il leur fit comprendre que personne ne pourrait se sauver si l'on continuait à demeurer dans cette situation. Il leur démontra la nécessité de redresser la chaloupe et d'y placer deux hommes chargés de rejeter l'eau dont elle était remplie, pendant que les autres, cramponnés au plat-bord, resteraient dans la mer jusqu'à ce que la chaloupe put recevoir deux hommes de plus ; à mesure que la chaloupe serait allégée, d'autres matelots monteraient, et, par cette manœuvre de sauvetage, tout l'équipage pourrait échapper aux périls qui les menaçaient.

Au plus fort même du danger, on subit l'empire de la discipline. Le lieutenant commanda aux hommes qui étaient sur la quille d'abandonner leur position ; il fut immédiatemeut obéi ; chacun se mit à l'œuvre, et la chaloupe fut bientôt redressée.

Deux matelots sautèrent aussitôt dans l'embarcation, et à l'aide de deux chapeaux, se mirent à épuiser l'eau. Bientôt deux autres matelots montèrent dans la chaloupe, et chacun espéra se sauver à son tour car, tous faisaient leur devoir avec ordre, obéissant aveuglément

5

aux instructions de leur chef, qui les animait et les encourageait par ses paroles et par son exemple.

Six hommes avaient pris place sur la frêle embarcation, lorsqu'un matelot s'écria avec épouvante qu'il apercevait les nageoires d'un requin. Il serait impossible de dépeindre la terreur qui s'empara de ces infortunés, se débattant au milieu des eaux.

Un requin est, dans toutes les circonstances ordinaires, un sujet d'effroi pour un marin, et ceux qui ont vu les gigantesques et horribles mâchoires de ces monstres, qui connaissent leur énorme puissance et leur incroyable voracité, ceux-là seuls pourront se faire une idée de la stupéfaction et de l'épouvante des pauvres matelots, à ce seul cri : « Un requin ! un requin ! Car ils n'ignoraient pas qu'une goutte de sang répandu suffisait pour attirer les pilotes qui accompagnent toujours ces écumeurs des mers, et que la mort serait dès lors inévitable.

A partir de ce moment, la voix du lieutenant

ne fut plus écoutée, les matelots qui se tenaient accrochés aux sabords de la chaloupe, ne sachant comment se dérober à ce nouveau danger, se jetèrent tous à la fois, par un
mouvement spontané, dans la chaloupe, et la
firent chavirer de nouveau.

Cependant l'ennemi tant redouté ne se montrait pas, et le lieutenant pressa encore une
fois les matelots de mettre en usage, pour leur
salut commun, les seuls moyens dont il pouvait disposer. Sentant qu'il ne parviendrait
pas à calmer les alarmes de ses hommes en
s'efforçant de leur persuader que des requins
ne se montrent jamais dans ces parages, il en-
gagea les matelots qui s'étaient de nouveau
cramponnés à l'embarcation à battre l'eau à
grands coups de pied et à l'agiter le plus violemment possible, afin d'éloigner les monstres
qui leur causaient tant d'effroi.

La manœuvre prescrite par le lieutenant
s'exécuta peu à peu, et l'espérance commença
à renaître au cœur des naufragés.

La chaloupe ne contenait plus beaucoup

d'eau, et quatre hommes y étaient déjà mon-
tés ; un peu de patience, quelques efforts
encore, de l'ordre, du calme, et tout l'équipage
était sauvé.

En ce moment, comme les matelots demeu-
rés dans l'eau, toujours suspendus aux sabords, pressaient leurs camarades qui étaient
dans la chaloupe de continuer leur manœuvre
sans relâche, afin de mettre l'embarcation à
sec, il se fit un grand bruit auprès d'eux, et
ils aperçurent quinze requins s'avançant vers
la chaloupe.

Cette fois la terreur fut à son comble ; chacun
quitta la position qu'il occupait pour se pré-
cipiter sur la frêle machine qui chavira ; et les
vingt-deux marins furent voués à la mort la
plus épouvantable.

D'abord les requins parurent peu disposés à
se saisir de leur poie ; ils nagèrent au milieu
des matelots, se jouant au dessus des vagues,
courant et gambadant, se frottant contre leurs
futures victimes, sans leur faire aucun mal.

Mais cela dura peu. Soudain un affreux gé-

missement, poussé par un des naufragés,
annonça une douleur terrible et trouva un
lugubre écho dans tous les cœurs. Un requin
avait saisi la jambe d'un marin et l'avait
complétement séparée du corps. Aussitôt que
ces monstres eurent goûté au sang, l'attaque
depuis longtemps prévue et tant redoutée par
les matelots eut lieu sur toute la ligne ; des
cris déchirants partirent de tous côtés, et les
flots autour de la chaloupe furent bientôt
rouges de sang.

Le lieutenant, même dans le moment où le
péril était devenu effroyable, continua à donner ses ordres avec autant de sang-froid que
de précision, et, disons-le à l'honneur du
malheureux équipage, sa voix fut encore
écoutée.

La chaloupe fut redressée une troisième fois ;
deux hommes y grimpèrent immédiatement,
et quelques matelots, se cramponnant comme
auparavant au plat-bord, tinrent l'embarcation
en équilibre.

M. Smith lui-même s'accrocha à la proue,

ne cessant de ranimer et de relever le courage de ses compagnons.

Mais les requins suivaient la chaloupe, et il était peu problable qu'ils abandonnassent une aussi abondante proie.

Cependant, M. Smith encourageait toujours les matelots qui s'efforçaient de vider la chaloupe ; il oublia malheureusement un instant d'agiter l'eau avec ses pieds ; un requin lui saisit les deux jambes et les engloutit dans ses énormes mâchoires. L'officier ne put retenir un cri d'horrible souffrance.

Les matelots n'avaient pas cessé de témoigner le plus grand respect à leur intrépide lieutenant ; ils appréciaient tout son courage et la noblesse de son âme, et, dès qu'ils le virent disparaître sous les vagues, deux hommes saisirent leur chef mutilé et le placèrent sur les écoutes de la poupe.

Ce brave officier, quoique en proie aux plus atroces douleurs, parut oublier ses propres tortures et voulut s'occuper encore du salut de son équipage bien-aimé. D'une voix éteinte,

Il donna quelques conseils aux matelots, déplora leur lamentable situation, et leur adressa ces paroles :

« Si quelqu'un de vous survit à cette nuit fatale, et s'il peut retourner à Philadelphie, qu'il affirme à notre vice-amiral que j'étais à la recherche des pirates, quand survint notre catastrophe ; qu'il dise que je fis toujours mon devoir, et que je... »

Ici les efforts de quelques matelots pour monter dans la chaloupe lui imprimèrent une forte secousse ; les hommes qui soutenaient le lieutenant dans leurs bras, craignant de tomber à la mer, le lâchèrent un instant pour se transporter au plat-bord ; l'infortuné roula dans les flots et s'engloutit. Ses dernières paroles se perdirent au milieu des cris de ses compagnons ; il ne reparut plus à la surface...

Avec lui s'évanouirent les dernières espérances des naufragés.

Ce fut alors un spectacle indescriptible. Ces malheureux, hâves, ruisselants d'eau, échevelés, les yeux sanglants, les vêtements en lambeaux, roulaient pêle-mêle au milieu des vagues en furie, ne sachant comment se soustraire à la voracité de ces monstres.

Quelques-uns déjà avaient perdu la vie ; ceux qui avaient pu échapper jusqu'alors à la poursuite des requins s'efforcèrent encore une fois de chercher un refuge dans la chaloupe; mais elle chavira de nouveau. Alors, épuisés de fatigue, incessamment pourchassés par les monstres, ils perdirent tout espoir d'échapper à la mort ; tous furent dévorés par les requins, ou se noyèrent en poussant d'horribles imprécations, à l'exception de deux matelots qui parvinrent à grimper sur la quille de l'embarcation.

L'*Eagle* avait sombré vers huit heures. A dix heures tout l'équipage était devenu la proie des requins, ou avait été englouti. Il ne restait plus que deux naufragés, juchés l'un à la proue, l'autre à la poupe, et conservant encore une lueur d'espérance.

Quoique exténués de lassitude, tout couverts de blessures qu'avivait et aiguisait encore l'âcreté du sel marin, ils se regardèrent un instant comme sauvés. Le courage leur revint. Ils commencèrent par jeter l'eau de la chaloupe qui, bientôt, se trouva suffisamment allégée pour éloigner toute crainte d'un nouveau chavirement; puis ils essayèrent de goûter un peu de repos.

Malgré les épouvantables scènes dont ils avaient été témoins, malgré les terribles dangers auxquels ils étaient encore exposés, ils ne tardèrent pas à s'endormir profondément, et le jour avait déjà paru lorsque le réveil vint les rappeler à leur horrible situation.

Les malheureux, qui avaient presque miraculeusement échappé au trépas, se sentirent torturés par une faim et une soif dévorantes; car ils n'avaient pris aucune nourriture depuis trente-six heures. La faim tordait leurs entrailles, la soif brûlait leur gorge, et ils n'avaient, à bord de la chaloupe, ni biscuit, ni vin; la réalité leur apparut dans toute son horreur : étaient-ils donc irrévocablement condamnés à mourir d'inanition?

5.

Tous deux, cédant à un engourdissement léthargique, le front pâle et le désespoir dans les yeux, fixaient des regards effrayants et sinistres sur les vagues houleuses, obéissant comme une masse inanimée aux oscillations de la chaloupe. Ils s'étaient familiarisés avec la terreur : maintenant la mort, la mort inexorable, se dressait devant eux.

La soif, la famine, le désespoir, la chaleur, se réunissaient pour les torturer ; cependant le ciel était bleu, l'air pur, et la chaloupe flottait sur la mer accalmée, entraînée rapidement par le courant.

Où étaient-ils ? Ils n'avaient aucun moyen de le savoir ; mais en tout cas ils devaient être fort éloignés de la terre, car le vent qui s'était élevé avait dû les pousser bien au large, et ils ne pouvaient plus espérer que l'embarcation serait jetée sur les côtes de d'Amérique.

Aussi, ce fut avec une joie indescriptible que le matelot placé à l'avant de la chaloupe, et qui, l'œil fixé sur l'horizon, cherchait à en sonder la ligne incertaine et vaporeuse, s'écria soudain : « Une voile ! une voile ! »

Les yeux éteints de son compagnon mourant s'illuminèrent à ce cri magique ; il fit un effort pour se soulever, et il plongea à son tour son regard dans la direction que lui désignait son ami. Il sembla qu'alors un baume consolateur coulait sur leurs blessures, calmait leurs douleurs, et leur faisait oublier la faim.

« Une voile ! » ce mot fut répété avec un véritable délire ; car peu à peu on entrevit plus distinctement une ombre blanche, et l'on reconnut la voilure d'une frégate que le soleil faisait ressortir sur l'azur du ciel.

Quand toute incertitude eut disparu, les deux matelots, pénétrés d'une pieuse émotion, tombèrent à genoux ; leurs yeux se remplirent de larmes, et, joignant leurs mains tremblantes, ils remercièrent la Providence du secours inattendu qu'elle leur envoyait.

Pourtant la frégate avançait lentement, serrant le vent de près. Nos matelots faisaient toute sorte de signaux, convaincus que le navire les avait aperçus et qu'il venait à eux.

Ils se trompaient ; la frégate ne faisait que louvoyer; lorsqu'elle eut fini sa bordée, elle vira de bord pour en prendre une autre, et continua ainsi sa route au plus près du vent.

Les naufragés, voyant le navire s'éloigner, redoublèrent leurs signaux, jetèrent leur jaquette en l'air, crièrent de toutes leurs forces ; mais tout fut inutile : personne ne les avait aperçus.

Et la frégate semblait fuir, diminuant graduellement de hauteur, s'amoindrissant et commençant à s'estomper de vapeur. Alors l'affaissement et la torpeur succédèrent chez les deux pauvres matelots à l'état d'exaltation et de réjouissance que l'espoir avait fait naître.

On distinguait à peine la voilure du vaisseau dans la brume ; encore quelques secondes et il disparaissait tout à fait à l'horizon.

L'un des naufragés, ne pouvant supporter cette nouvelle déception, retomba dans un morne désespoir; mais son compagnon, réveillé et comme galvanisé par une inspiration soudaine, s'écria :

— Oui, c'est cela, je le tenterai, sinon nous sommes perdus !

— Parle vite, exclama son camarade, que veux-tu tenter qui puisse nous sauver ?

— Si difficile que cela soit maintenant, après ce que nous avons vu la nuit dernière, il faut le tenter pourtant ; car le bâtiment s'éloigne rapidement et va être hors de notre vue; il n'y aura plus alors pour nous qu'à mourir. Oui, le sort en est jeté, j'essayerai d'atteindre le vaisseau à la nage; si j'ai le bonheur de réussir, je te sauverai ; mais si mes forces me trahissent...

— Non, John, ton projet est insensé, reprit l'autre; le navire est trop éloigné maintenant; patientons encore; un autre navire peut se montrer, tandis que...

Mais le brave matelot s'était déjà précipité dans la mer, après avoir noué sa jaquette autour de son cou, et nageait avec un courage surhumain.

Son camarade suivait avec angoisse tous les mouvements de l'habile et intrépide John, qui s'avançait à grandes brassées et semblait, contre toute prévision, devoir atteindre le vaisseau à force d'énergie et de persévérance, à moins qu'un requin ne vint se jeter sur sa route.

John ne tarda pas à apercevoir un de ces monstres ; sans perdre courage, il frappa violemment les flots avec ses pieds et ses mains, agitant l'eau autour de lui, puis il plongea.

Si le requin est le plus vorace des écumeurs de la mer, il en est aussi le plus poltron ; il s'effraye au moindre bruit et n'ose toucher à une proie que lorsqu'elle paraît immobile et inanimée.

John échappa donc au monstre, que le bouillonnement factice des vagues mit en fuite. Mais le navire était encore loin, et le vent qui avait fraîchi augmentait la rapidité de sa marche...

Cependant, après des efforts extraordinaires le nageur se crut assez rapproché du bâtiment pour espérer que sa voix serait entendue. Il cria à plusieurs reprises, mais en vain. Personne en ce moment n'était sur le pont ; le pilote, installé au gouvernail et tout entier à la manœuvre, n'entendit point ses appels désespérés, et le navire s'éloignait toujours...

Le matelot continua pourtant à nager : mais il sentait ses forces près de l'abandonner...

Retourner vers la chaloupe, où il avait laissé son compagnon, était devenu impossible ; car à présent il se trouvait à une trop grande distance de l'embarcation ; d'ailleurs la situation de son camarade était tout aussi affreuse que la sienne...

Le malheureux John n'en pouvait plus; son corps était brisé; il sentait sa dernière heure venue...

Était-ce un rêve ? En jetant un dernier regard sur le navire, crut il apercevoir un homme sur le gaillard d'arrière... Il leva aussitôt les mains dans un effort suprême, les agita au dessus de sa tête, poussa des cris de délire, et se démena de toute façon, afin d'attirer l'attention de l'équipage...

Au bout de quelques instants, il vit l'homme courir vers un personnage dissimulé jusqu'alors contre le mât d'artimon ; ce personnage braqua une lunette dans la direction du naufragé. Presque aussitôt deux matelots se jetèrent dans un canot et ramèrent vigoureusement vers John.

A peine recueilli dans le canot, le pauvre naufragé songea à son compagnon, resté en proie aux plus terribles angoisses. Les matelots eurent bientôt atteint la chaloupe et sauvé ainsi les deux seuls survivants de l'équipage de l'*Eagle*.

John ne survécut que quelques années à ce drame maritime, dont il avait été un des principaux acteurs.

Quant à son compagnon, Francis F..., il est

mort tout récemment dans le port de Yarmouth,

à l'âge de 81 ans. C'est de lui que je tiens tous
les détails de cette lamentable histoire.

A LA MER

Il ne faut pas s'imaginer que tout est couleur de rose dans un voyage de plaisance entrepris à bord d'un yacht bien ponté, très élégamment aménagé et somptueusement meublé. Tout irait pour le mieux si l'on naviguait sur un fleuve, ou même sur un lac abrité contre les tempêtes et les vents contraires : mais une fois que l'on est lancé sur l'élément perfide qui peut dire ce qui arrivera au voyageur assez audacieux pour affronter Neptune et Borée ?

Il nous souvient d'une excursion que nous avions entreprise, il y a quelques années, à bord du yacht *Minna*, appartenant à un riche Américain dont nous avions fait et cultivé la connaissance à Paris, dans les salons de M. F. de Lesseps. Cet aimable compatriote de Washington était venu de Philadelphie, son pays natal, au Havre, à bord du joli « petit navire » qu'il avait fait construire sur le Delaware. Il nous vantait la bonne tenue de *Minna* sur les flots de l'Atlantique et nous affirmait qu'*elle* se comportait comme une jeune miss bien élevée et ayant d'excellents principes.

Un soir de mai, en 1873, tandis que nous fumions un excellent bravas, au coin du feu, en sippant une tasse de souchon, M. Carpenter me proposa de l'accompagner au Havre où il allait voir son « bâtiment » et son équipage. Je n'avais rien de pressé à faire, j'acceptai.

Nous partîmes dans un de ces bons et confortables wagons de la Compagnie de l'Ouest où l'on ne sent pas les secousses de la traction rapide d'une machine emportée à toute vapeur. En trois heures et demie, nous entrions à la gare du chef-lieu de la Seine-Inférieure. Une voiture nous amenait bientôt sur le quai où se tenait amarrée la *Minna* de M. Carpenter.

Je passerai sur la description de ce joli vaisseau de plaisance qui avait coûté 125,000 francs à son propriétaire.

Le capitaine du bord nous fit les honneurs du navire de son maître. Un excellent déjeuner était préparé à notre intention. Nous y prîmes une part active, et quand, après avoir décoiffé une bouteille de champagne, les cigares et le café nous furent présentés, M. Carpenter me proposa d'aller faire une promenade en mer.

— Nous irons à Trouville, me dit-il, et nous reviendrons ce soir.

J'acceptai, — fatale imprudence ! — La mer était calme comme un océan d'huile d'olive. La marée montait, nous pouvions sortir quand bon nous semblerait du port où se tiennent les vapeurs transocéaniques. A deux heures, nous nous trouvions vis-à-vis de Fracasti, et la *Minna* déployait sa voile, tandis que le chauffeur mettait en jeu la machine à vapeur

Tout alla bien jusqu'à Trouville. Nous dînâmes aux *Roches Noires*. Nous allâmes voir ce qui se passait au casino, et à dix heures du soir nous nous rembarquions à bord du yacht.

Hélas ! le vent avait fraîchi ; la mer moutonnait, le roulis se faisait sentir et un vent d'amont nous empêchait de suivre la route que nous voulions parcourir. Enfin, lorsque nous eûmes atteint la pleine mer, la bourrasque se leva, qui devint bientôt une tempête. Je maudissais l'imprudence que j'avais eue, moi qui souffre toujours cruellement à la mer, d'avoir écouté les propositions de M. Carpenter. Mais il était trop tard.

La *Minna* fut obligée de céder aux efforts du vent déchaîné : la mer fut terrible, et quand le jour se leva, les vagues déferlaient avec rage sur le pont du yacht qui roulait sans savoir où Dieu le conduisait. Les matelots se tenaient cramponnés aux agrès; l'eau ruisselait sur le pont et ébranlait les mâts.

M. Carpenter et moi, nous étions couchés, nous résignant à notre sort, mais maugréant contre la mauvaise chance.

A midi, le capitaine vint nous avertir que nous étions en vue de l'Angleterre. Il croyait que la côte était celle de l'île de Wight. Le brave homme ne s'était pas trompé. Grâce à ses efforts et à ceux de ses hommes, il nous fut possible d'entrer au port.

— Nous attendrons ici, me dit M. Carpenter, que le ciel se rassénère, et nous rentrerons au Havre.

Je le remerciai de cette offre, mais je préférai prendre le chemin de fer, traverser l'Angleterre, me rendre à Douvres et de là à Calais pour retourner à Paris, jurant, mais un peu tard, qu'on ne m'y prendrait plus à m'égarer sur les flots en compagnie de *Minna* ou de tout autre yacht, à quelque nationalité qu'il appartint.

J'ai tenu parole.

————

Limoges. — Imp. Marc Barbou et Cⁱᵉ.

www.ingramcontent.com/pod-product-compliance
Lightning Source LLC
Chambersburg PA
CBHW060831250626
47162CB00005B/2031